© SUSAETA EDICIONES, S.A.
Campezo s/n - 28022 Madrid
Tel. 300 91 00 - Fax 300 91 10
Impreso en España

CUENTOS Y FÁBULAS

susaeta
ediciones s.a.

CUENTOS
Y FÁBULAS

LA BELLA
Y LA BESTIA

Había una vez un comerciante que vivía con su hija en el campo. La muchacha se llamaba Bella.

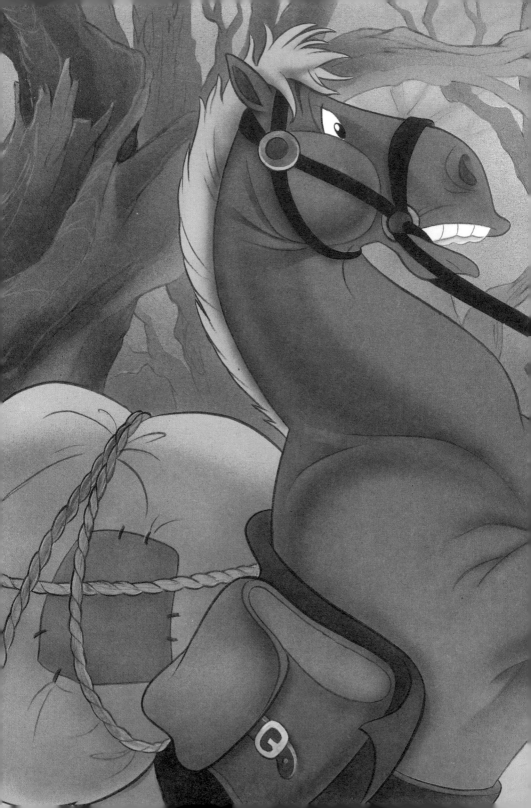

En uno de sus viajes, al padre de Bella se le hizo de noche en el bosque y se perdió.

Se dejó guiar por su caballo
y así llegaron hasta un
misterioso castillo que
parecía abandonado. Allí
pasó la noche.

Al partir. cortó una rosa para su hija. Entonces apareció la Bestia, un ser monstruoso y feroz.

—Por robar mis rosas ¡morirás!

Aterrado, el pobre hombre suplicó:

—Déjame por lo menos despedirme de mi amada hija.

Al llegar a casa le contó lo sucedido a Bella, que se empeñó en volver con él al palacio de la Bestia.

Una vez allí, cenaron con la Bestia, y Bella le propuso un trato: —Deja marchar a mi padre; yo me quedaré en su lugar.

La Bestia aceptó.
Al principio la
muchacha tenía
miedo a morir, pero el
monstruo la trataba
bien y nada le faltaba.

La Bestia, que se había enamorado de Bella, le pidió que se casara con él. Bella no aceptó, pero le prometió que serían amigos.

Bella pidió permiso a la Bestia para ir a ver a su padre, prometiendo volver pronto. La Bestia, que no podía negarle nada, la dejó marchar.

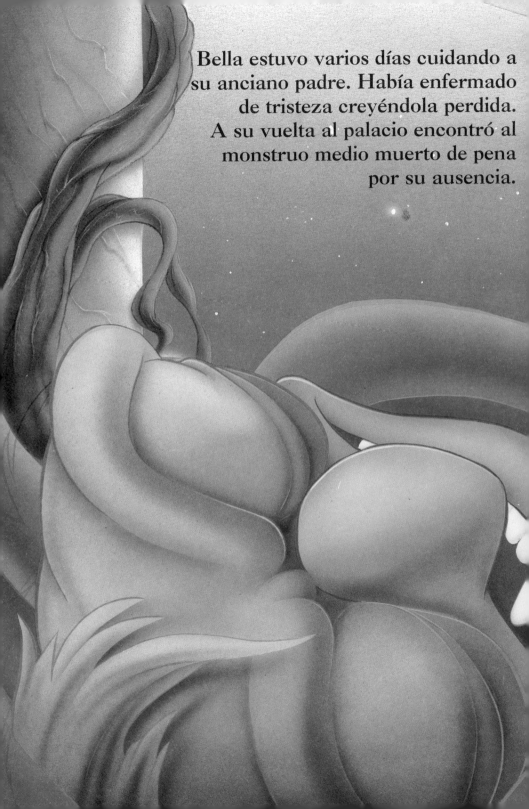

Bella estuvo varios días cuidando a
su anciano padre. Había enfermado
de tristeza creyéndola perdida.
A su vuelta al palacio encontró al
monstruo medio muerto de pena
por su ausencia.

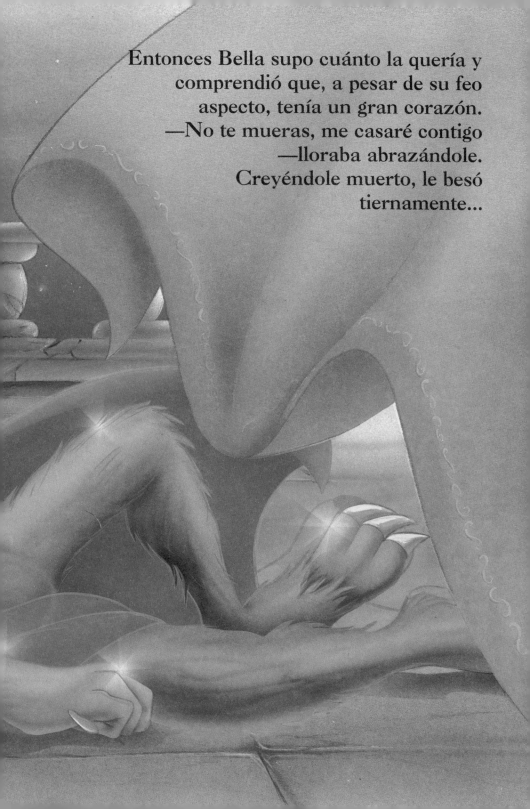

Entonces Bella supo cuánto la quería y
comprendió que, a pesar de su feo
aspecto, tenía un gran corazón.
—No te mueras, me casaré contigo
—lloraba abrazándole.
Creyéndole muerto, le besó
tiernamente...

...Y el horrible monstruo se transformó en un apuesto príncipe. Una bruja le había encantado hasta que alguien le amara.
La verdadera belleza está en el corazón.

EL CONGRESO DE LOS RATONES

Aquella despensa estaba
muy bien surtida: había
quesos y embutidos olorosos,
harina, manteca, cereales,
frutas, cajas de golosinas...
Un paraíso para ratones.

Efectivamente, los aromas de la despensa atraían a los ratones. Asomaban sus hociquillos por los agujeros, pero ninguno se atrevía a llegar hasta los manjares.

La culpa era de un gato astuto de garras afiladas y buen cazador. Cuando menos se lo esperaban los ratones, aparecía en la bodega, sigiloso como una sombra.

Los ratones pasaban
hambre.
—Esto no puede
seguir así. Haremos
un congreso y
pensaremos en
una solución
—propuso un
ratón decidido.

Acudieron muchos ratones al
congreso ratonil. Pero, aunque había
mucho griterío y todos hablaban a la
vez, no encontraban solución al
grave problema del gato.

Hasta que un ratón con fama de listo
pidió la palabra:
—Yo tengo la solución. Pondremos
un cascabel al gato y así sabremos
siempre cuándo se acerca.

¡Cuántas felicitaciones recibió el raton listo! Los ratones se felicitaban unos a otros:

—¡Se acabaron los problemas!
¡En adelante, a comer y a engordar!

Entonces habló el ratón más anciano:
—¿Y quién será el valiente que le
pondrá el cascabel al gato?

Los ratones siguieron viendo
los manjares desde lejos.
Decir resulta fácil, pero
hacerlo... es otra cosa.

PULGARCITO

Érase una vez un leñador que vivía con sus siete hijos. Eran muy pobres y el hombre no podía alimentarlos a todos.

Pulgarcito era el pequeño de los
siete hermanos.

Llegaron tiempos difíciles y, una noche, Pulgarcito escuchó a sus padres, que hablaban muy preocupados:
—Lo mejor es que los abandonemos en el bosque para que aprendan a ganarse la vida.

Al día siguiente, la familia salió al bosque a cortar leña. Todos cantaban y reían mientras Pulgarcito, que era muy listo, iba dejando miguitas de pan para marcar el camino.

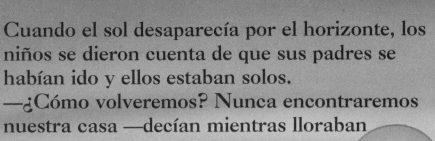

Cuando el sol desaparecía por el horizonte, los
niños se dieron cuenta de que sus padres se
habían ido y ellos estaban solos.

—¿Cómo volveremos? Nunca encontraremos
nuestra casa —decían mientras lloraban
asustados.

—No os preocupéis —les dijo Pulgarcito—. he marcado el camino con migas de pan, así que pronto estaremos en casa sanos y salvos.

Siguieron el rastro que había ido dejando
Pulgarcito pero en seguida se dieron cuenta de
que muchas de las migas ya se las habían
comido los pajaritos.

Caminaron y caminaron toda la noche.
Finalmente, al amanecer, llegaron a una
enorme casa y llamaron a la puerta.

Una amable señora abrió e invitó a los chicos a pasar, pero antes les avisó de que allí vivía un terrible ogro que devoraba niños. Aun así, estaban tan cansados que decidieron quedarse.

—Entonces —dijo la mujer—, os marcharéis cuando el ogro llegue a casa, porque si no, os olerá y querrá qu le sirváis de cena para esta noche.

—¡Hum! ¡Aquí
huele a niño!
—dijo el ogro al
entrar. Y rápidamente
los chicos huyeron por
la ventana.

El ogro descubrió el engaño. Muy enfadado, se calzó sus botas de siete leguas y salió corriendo detrás de los niños para comérselos y saciar su hambre.

Después de mucho correr, decidió descansar un rato y echarse una siesta en un lugar que los niños veían desde su escondite.

Pulgarcito aprovechó entonces para quitarle
las botas al ogro.

Cuando el ogro despertó, miró primero a sus
pies y no encontró las botas.

—¿Qué habrá ocurrido con ellas? —se
preguntó extrañado.

Y un pajarito se lo contó.

Pulgarcito, feliz y orgulloso con sus nuevas botas mágicas, consiguió trabajo como cartero real y así pudo ayudar a su familia a salir adelante.

EL ZORRO Y LAS UVAS

Cierto día, el zorro estaba hambriento y buscaba algo que llevarse a la boca. Se atrevió incluso a acercarse al pueblo, pero los gallineros estaban bien guardados.

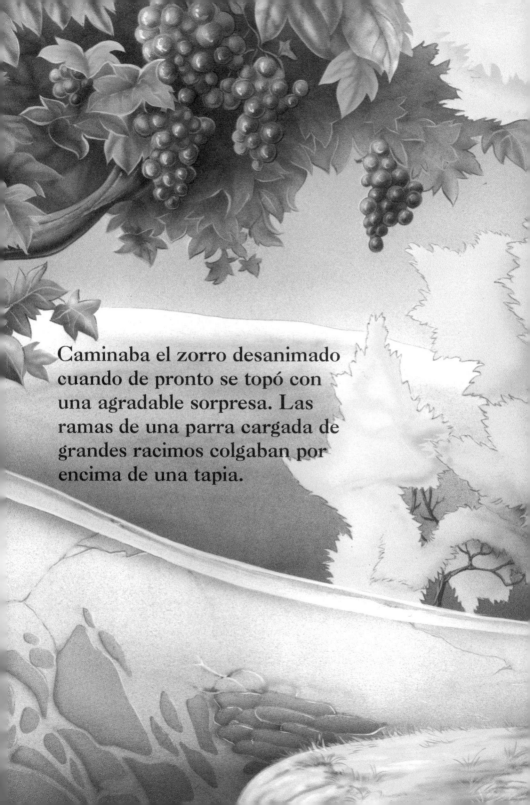

Caminaba el zorro desanimado
cuando de pronto se topó con
una agradable sorpresa. Las
ramas de una parra cargada de
grandes racimos colgaban por
encima de una tapia.

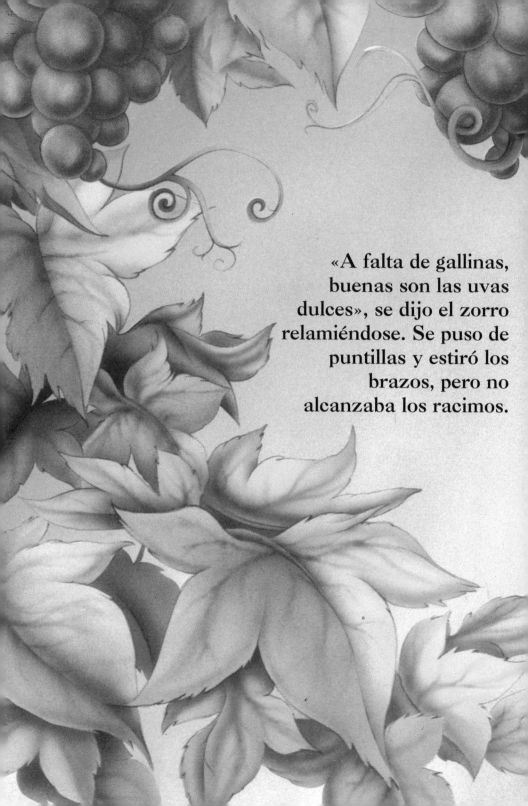

«A falta de gallinas, buenas son las uvas dulces», se dijo el zorro relamiéndose. Se puso de puntillas y estiró los brazos, pero no alcanzaba los racimos.

Se le hacía la boca agua al zorro mirando las dulces uvas. Intentó agarrarlas otra vez, pero ahora dando un salto. Y casi llegó a rozarlas.

Pero nada, sus manos
seguían tan vacías como su
pobre barriga. De todas
formas no quería darse por
vencido, ¡conseguiría darse
un atracón de uvas!

Cogió carrerilla desde bien lejos y saltó como un buen deportista. A punto estuvo de conseguir el dulce premio, pero los racimos seguían estando demasiado altos.

Las uvas parecían bailar delante del hocico del zorro haciéndole burla. Cada vez más hambriento y enfadado, el zorro se tiró en plancha a por ellas...

...Y cayó sobre la tierra como en una piscina sin agua. Se había dado un buen golpe y no había podido hincar el diente a las uvas.

Entonces el zorro hambriento se sacudió el polvo
y se alejó muy digno diciendo:
—No me apetecen esas uvas, no están maduras.

LA CASITA DE CHOCOLATE

Hansel y Gretel eran dos hermanos que vivían en una cabaña del bosque. Sus padres, unos leñadores muy pobres, no sabían qué hacer para conseguir comida. Y un día, decidieron abandonar a los niños.

A la mañana siguiente fueron al bosque con su madre:
—Quedaos aquí recogiendo la leña. Dentro de un ratito volveré a buscaros.

Pero llegó la noche y los padres no volvían, así
que decidieron buscar el camino de vuelta a
casa. Todos los árboles del bosque les parecían
iguales y acabaron por perderse.

Tenían sueño y estaban hambrientos.
Vagaron sin rumbo fijo durante toda la
noche, hasta que les venció el sueño y se
durmieron abrazados al pie de un
gran árbol.

A la mañana siguiente Hansel descubrió algo:
—¡Mira, Gretel, qué maravilla!...
...Era una casa de caramelo con el tejado de
chocolate.

Tenía las paredes de turrón, las ventanas de azúcar y la puerta de caramelo. Corrieron hacia ella y se atiborraron de dulces.

De pronto apareció la dueña de la casa,
una anciana que les invitó a entrar.

Una vez dentro, los niños siguieron comiendo cuanto quisieron. Entonces la anciana, que era una bruja, los enjauló:
—Cuando engordéis más... ¡os comeré!

Los dos hermanos, muertos de miedo, decidieron no probar bocado. Y así lo hicieron, pero, a veces, tenían tanta hambre que comían a escondidas.

Mientras la bruja cocinaba, Gretel tenía que barrer y fregar los cacharros, y debía obedecer si no quería que la vieja la convirtiera en rana.

Un día, la malvada bruja decidió preparar el horno para asar a los niños y comérselos con patatas.

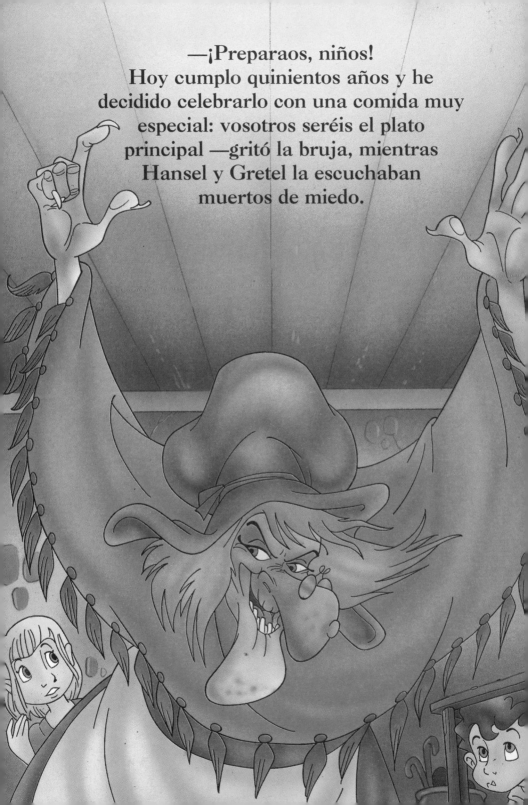

—¡Preparaos, niños!
Hoy cumplo quinientos años y he
decidido celebrarlo con una comida muy
especial: vosotros seréis el plato
principal —gritó la bruja, mientras
Hansel y Gretel la escuchaban
muertos de miedo.

Visto y no visto, la niña cogió carrerilla,
empujó con todas sus fuerzas a la bruja
dentro del horno y lo cerró.

Se oyó un grito
y luego se hizo
el silencio. Hansel
saltaba de contento.
—¡Somos libres!
—gritaba,
mientras Gretel le
abría la
jaula.

Descubrieron un cofre de monedas de oro bajo la cama de la bruja y se lo llevaron. En el bosque encontraron a sus padres, que los buscaban arrepentidos. Y desde aquel día vivieron todos juntos muy felices.

EL LOBO Y
EL CABRITO

Había una vez un cabritillo que no estaba nada contento viviendo en el redil. Lo que más deseaba era escaparse, correr aventuras y ver mundo.

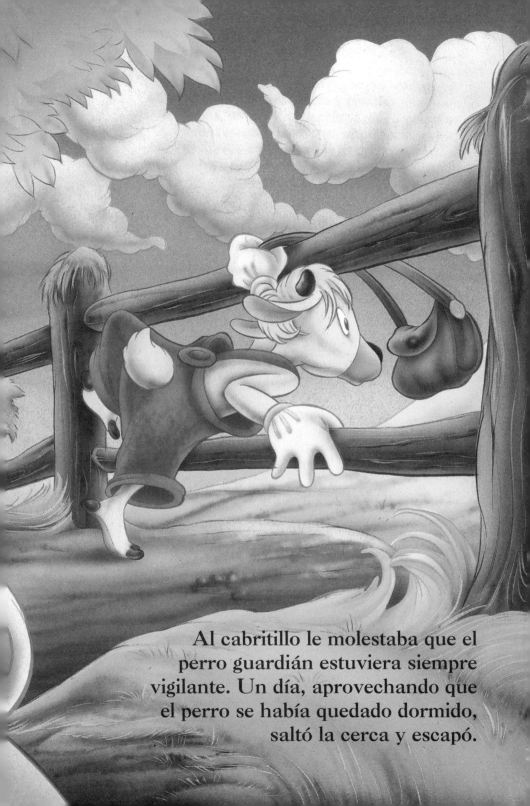

Al cabritillo le molestaba que el
perro guardián estuviera siempre
vigilante. Un día, aprovechando que
el perro se había quedado dormido,
saltó la cerca y escapó.

Corrió y brincó el cabritillo
por el bosque, libre y feliz.
–¡No volveré a aburrirme
con mis compañeros en el
redil! –exclamó lleno
de contento.

Pero la alegría del cabritillo duró poco. Un gran
lobo apareció delante de él como una sombra.
—¡Qué suerte! —se relamió el lobo— ¡Aquí está
mi merienda!

El cabritillo, viéndose en la tripa del lobo, tuvo una idea. —Señor lobo —le rogó—, me gusta mucho tocar la flauta, déjeme hacerlo por última vez.

Al lobo le hizo mucha gracia el deseo del cabritillo y se lo permitió. Temblando, el cabritillo empezó a tocar una melodía mientras el lobo no dejaba de reírse.

La música de la flauta voló por el bosque hasta el fino oído del perro guardián, y lo despertó. Él sabía muy bien que era una llamada de socorro.

De una carrera, el perro llegó hasta el lobo y el cabritillo, guiándose por la música. Ante sus ladridos y viendo el enorme garrote que traía, el lobo salió por patas.

Nunca pensó el cabritillo que se alegraría tanto de ver a su perro guardián. Y con él regresó al redil, su casa, donde nada malo podía pasarle.

ÍNDICE